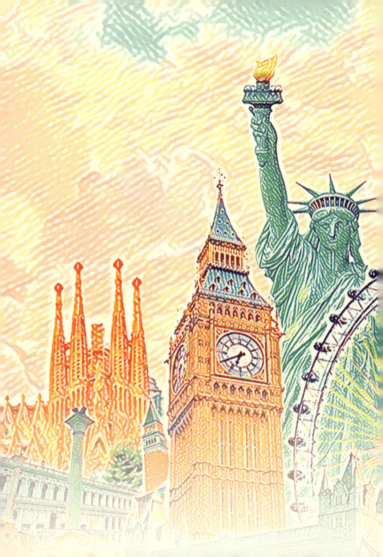

EMILIO GAROFALO
FRANKENCITY

APRESENTAÇÃO DA COLEÇÃO

Este é um livro de meu projeto "Um ano de histórias". Há anos tenho encorajado cristãos a lerem e a produzirem histórias de ficção. O prazer de ler e escrever ficção é algo que está em meu peito desde a infância. Falo muito sobre o assunto num artigo disponível on-line chamado "Ler ficção é bom para pastor".[1] Nele, conto um pouco de minha história como leitor, bem como argumento acerca da importância de cristãos consumirem boa ficção.

É claro, para que haja boa ficção, alguém tem de escrevê-la. Tenho desafiado várias

---

[1] *Disponível em: http://monergismo.com/novo/livros/ler-ficcao-e-bom-para-pastor/*

pessoas a tentar a mão na escrita e, para minha alegria, alguns têm aceitado e produzido material de ótima qualidade. E aqui estou também, dando o texto e a cara a tapa. Este projeto é minha tentativa de contribuir com boas histórias. O desafio seria trazer ao público um ano inteirinho de histórias, lançando ao menos uma por mês ao longo do ano de 2021. No final das contas, são 14 livros. Há, é claro, muitas outras histórias ainda por desenvolver, sementes por regar.

As histórias do projeto podem ser lidas em qualquer ordem. Vale notar, entretanto, que embora não haja uma sequência necessária de leituras, elas se passam no mesmo universo literário. Não será incomum encontrar referências e mesmo personagens de um livro em outro. De qualquer forma, deixo aqui minha sugestão de leitura para você, caro leitor, que está prestes a se aventurar nesse um ano de histórias:

> Então se verão
> O peso das coisas
> Enquanto houver batalhas
> Lá onde o coração faz a curva
> A hora de parar de chorar
> Soblenatuxisto
> Voando para Leste
> Vulcão pura lava
> O que se passou na montanha
> Esfirras de outro mundo
> Aquilo que paira no ar
> Frankencity
> Sem nem se despedir e outras histórias
> Pode ser que eu morra hoje

Tentei ainda me aventurar por diversos gêneros literários. De romances de formação à literatura epistolar, passando por histórias de amor, *soft sci-fi*, fantasia e até reportagens. Ainda há muitos gêneros a serem explorados. Quem sabe em outro projeto. Se as histórias ficaram boas, só o leitor poderá dizer. De qualquer forma, agradeço imensamente pela sua disposição em lê-las.

FRANKENCITY

Sempre gostei de ler longas reportagens de perfis – aquele tipo de matéria em que o jornalista foca um aspecto da vida e da obra de alguma pessoa interessante, nos levando, no processo, a reflexões profundas ao mesmo tempo que investigamos algo da biografia do entrevistado. A revista *The New Yorker* é muito boa quando se trata desse tipo de texto. Já li muitos perfis de cineastas, esportistas, cientistas e muito mais. Gosto de um perfil bem-escrito, que criativamente conta a história do entrevistado, mas com reflexões mais profundas a partir dali. Aqui vai minha humilde tentativa no gênero.

UM PERFIL ESPECIAL PARA
A REVISTA *LONDONER ESQUIRE*
BY LOUISE FITZROY

"Você já bebeu essa cerveja belga? Westvleteren XII. Um primor. Veja, experimente um pouco. Sei que não é fácil consegui-la. Atualmente você precisa comprar adiantado com os trapistas meses antes de receber seu lote. Quer dizer, você precisaria. Eles têm um lote separado para mim quando eu quiser. Eu acho que meu melhor momento esportivo foi em frente à Eau Rouge, lá na Bélgica, em Spa-Francorchamps, bebendo largos goles dessa cerveja e sonhando com a pista perfeita. Naquele dia venceu o Hamilton. Ou foi o Schumacher? Pode ter sido o Lauda... Não lembro bem. Tinha uma morena israelense e uma ruiva canadense assistindo comigo – Candy e Gal. Ou eram Mary Beth e Shira? Ou a ruiva era húngara? Não lembro. Mas lembro a sensação das mãos quentes das moças me entregando o copo enquanto aquelas maravilhas subiam a curva a quase 300 km/h. Naquele dia eu tive a epifania. O mundo precisava de um circuito perfeito. E seria ótimo ter uma cidade perfeita para acompanhar. Claro, naquele tempo eu ainda não tinha o dinheiro para realizar nada disso, embora já fosse multimilionário."

Shlomo Ben-David disse isso tudo enquanto me servia a tal cerveja no restaurante libanês localizado entre a Champs-Elysee e a Broadway. Eu tinha pedido vinho, mas ele insistiu na cerveja. "Tomaremos vinho no jantar. Acalme-se." Estamos almoçando na mesa de reuniões em seu gigantesco escritório num prédio projetado por Frank

Gehry, em Frankencity. Sim, meramente lendo a transcrição do que ele disse, pode-se ter a impressão de ser um homem insuportável. Mas, estranhamente, é alguém afável e acessível. Alguém de quem daria vontade de ser amigo, não o tipo de pessoa que te faz mudar de lado na rua quando a vê. Estamos bebendo e comendo alguns aperitivos. Dá para ver ao fundo a ponta da estátua de Nelson em Trafalgar Square, bem como o Big Ben em construção. E, sim, Shlomo dispara a se lembrar de momentos como esse o tempo todo. Cada conversa é pontilhada de pequenas lembranças de farras, festas, fêmeas e fãs.

Estamos em Frankencity – é como a cidade turística que ele está criando na Nova Zelândia vem sendo chamada popularmente. Claro, ele prefere que eu utilize o nome oficial do megaempreendimento. "Eu não sou nenhum cientista louco, nem nada assim. Aliás, acho que quem leu de fato Frankenstein veria a coisa de modo diferente." Frankencity ainda não está pronta para ser ligada na eletricidade, se me permite o comentário. Ainda faltam ao menos 18 meses de construção no cronograma. Mas o mundo do turismo está de olho. Reservas em hotéis já estão sendo feitas há alguns meses. As buscas por pacotes turísticos para a época estão altíssimas. Afinal, não é sempre que uma conjunção de grandes eventos como essa acontece. Para começar, a Copa do Mundo de Futebol Fifa, cossediada por Austrália e Nova Zelândia, já seria em si um grande atrativo. Mas a inauguração de Frankencity três meses antes da Copa está deixando o mundo salivando por uma passagem de avião para Auckland durante o verão de 2026.

Estou em reunião de almoço com o idealizador e a força motriz do projeto; o magnata do alumínio, do gás natural, da soja e de sabe Deus quantos outros ramos comerciais; o playboy internacional, o cineasta amador, o filósofo pós-moderno, o incomparável Shlomo Ben-David. Ele é mais alto do que se imagina. Talvez não seja tanto a altura, mas a forma de se portar – como uma pessoa que não precisa se sentir inferior a ninguém, mas que não faz disso motivo de orgulho. Não que seja um homem humilde. Não mesmo. Alguém chega ao ponto em que Shlomo chegou sendo humilde?

Fui autorizada a acompanhar Shlomo por um dia inteiro. Voei de Heathrow até Auckland em classe econômica, recusando carona num dos muitos jatos privados da *Alumina*, uma das diversas empresas do conglomerado do israelense. No aeroporto, fui recebida por uma enorme limusine, a qual recusei, em nome da independência jornalística. Recusei também uma noite no Hilton em frente à baía de Auckland, preferindo ficar no confortável Ibis que a *Londoner Esquire* reservou para mim. Achei, inicialmente, que toda a generosidade era uma manobra do bilionário ou de seus assessores para ganhar minha boa vontade a fim de que eu escrevesse um perfil positivo. Agora, sentada à mesa com ele, depois de uma manhã toda passeando pelo maior canteiro de obras do mundo, já penso diferente. Shlomo não precisa passar uma boa impressão. Já é grande demais para se preocupar com isso. Ele é, utilizando uma terminologia reservada para grandes empresas, *"too big to fail"*.

Estou encarando com inveja seu relógio Richard Mille, especialmente projetado pela marca de alta-relojoaria para ele. No ano anterior, usava um Audemars Piguet. E há rumores de que a Urwerk está criando algo mirabolante para tentar conquistar o pulso de Shlomo. Esses relógios custam centenas de milhares de dólares, mas ele nunca precisa comprá-los. Shlomo é o *trend setter* entre os multimilionários. Iates, relógios, hotéis, jatos e eletrônicos. Qualquer coisa que ele utiliza se torna desejável – embora muitos não admitam. Seu atual iate, o Haolam, faz com que o anterior pareça um barquinho de pesca. A Oceanco já recebeu encomendas para dois iates como o de Shlomo.

"É verdade que a ideia de fazer a cidade surgiu por causa da Fórmula 1?"

Perguntei isso logo após entrarmos num cintilante Land Rover Highland para o *tour* pela obra. Foi-me prometido livre acesso ao bilionário. É claro, revistaram-me diversas vezes ao longo de minha estadia. Tenho certeza de que fui investigada profundamente. Minhas contas bancárias, minhas redes sociais e, imagino, até mesmo meu cotidiano foram revirados antes de receber a luz verde para fazer este perfil. Creio ter sido seguida por Londres ao longo de uma semana. Não estranhei, é claro. Embora estivesse familiarizado com a *Londoner Esquire*, ninguém chega aonde Shlomo chegou sendo relapso quanto a detalhes e segurança.

"Sim, foi pela Fórmula 1. É verdade."

Foi por conta de um artigo numa revista de automobilismo que o magnata teve a ideia de uma cidade composta de trechos de outras cidades. Um grande fã do esporte a motor, ele não perdia oportunidades de assistir a corridas *in loco*. Milionário desde a juventude, nunca foi um *workaholic*. Sempre soube usar seus vastos recursos para alimentar seus *hobbies*. "Foi no meu primeiro iate, o *Lakol Zeman*. Iate modesto, apenas 200 pés. Não se compara ao Haolam, é claro, o meu principal. Esse, sim, é uma cidade flutuante. Mas naquela época era o que tinha de melhor. Ainda é meu iate de estimação. [Ele pausa.] Você não está querendo saber sobre o iate, e sim sobre a ideia... Estávamos ancorados em Mônaco para acompanhar o Grande Prêmio. Naquele ano, a corrida foi interrompida pela chuva e talvez tivesse sido a primeira vitória do prodígio brasileiro Ayrton Senna. Talvez. O que todos se esquecem é de que Stefan Bellof vinha ainda mais rápido do que o brasileiro quando a corrida foi interrompida. Bellof

faleceu cedo – assim como o brasileiro, na pista. Talvez tivesse sido tão grande quanto ele, mas não podemos viver de suposições. A vida já é difícil e misteriosa demais em sua realidade. Se formos pelo mundo do que poderia ter sido, nossos corações sangrarão até morrer."

Ele faz uma pausa reflexiva, como quem tenta lembrar detalhes de um momento que muito saboreia. "Eu e uma amiga estávamos com outros amigos bebericando enquanto os carros alegravam nossos corações com o barulho maravilhoso dos motores turbo. Precisei ir ao banheiro; lá, peguei uma revista de automobilismo para ler. E havia um artigo muito interessante. Nele, o jornalista fazia um exercício de imaginação em que buscava tentar costurar qual seria o circuito ideal de automobilismo. Uma pista utópica mesmo. Um circuito que unisse, em contexto, os trechos mais interessantes dos principais autódromos do mundo. Algo que combinasse a Parabólica de Monza, à Eau Rouge de Spa-Francorchamps, ao túnel de Mônaco, e assim por diante. Uma pequena chama se acendeu aqui dentro."

A história é que ali Shlomo teve uma espécie de fagulha de ideia, que anos depois se tornou uma epifania – e, por fim, um projeto colossal.

"Por que tanto tempo entre a fagulha da ideia e a execução do projeto?", perguntei, com a esperança de que contasse alguns dos fatos mais marcantes de sua vida. Ele não foi tímido na resposta.

"Quando eu tinha dez anos, nosso país lutou a Guerra dos Seis Dias. Não preciso te lembrar dos detalhes. Meu pai era homem de guerra, algo que eu nunca fui. Ele foi importantíssimo naquela campanha militar de defesa da nossa terra. General... Não posso dizer mais. Oras, sequer sei muito mais. Sei que conseguimos uma vitória incontestável e talvez inigualável em toda a história militar. Um dia, já adolescente, perguntei a meu pai como é que conseguimos. Ele explicou que foram os muitos anos pensando acerca do que podia dar errado que nos deixaram preparados para a hora certa. Então, sim, tem coisas que têm de estar na mente por um tempo bom antes de poderem florescer. As melhores ideias são assim, meu caro. Elas precisam ficar no fogo baixo."

"Quanto tempo de fogo baixo, neste caso?"

Ele se encosta com uma cerveja nova nas mãos. Foram facilmente cinco ou seis garrafas desde que começamos o almoço. Ele responde:

"A fagulha foi na corrida, como falei. Mônaco. Fiquei com isso em mente. A pista perfeita. Um autódromo que combinasse o melhor de todos os outros. Os tesouros do mundo automobilístico num único local. Sem as partes medíocres. E acho, pensando hoje com os ossos cansados de um quase septuagenário, que essa sempre foi minha busca – embora só alguns anos atrás isso tenha ficado claro para mim."

Shlomo foi um prodígio no mundo dos negócios. Fez sua formação fundamental em Tel-Aviv. Serviu, como todo jovem israelense, nas forças de defesa de seu país. Há um hiato de quatro anos em sua biografia. Especula-se de tudo, mas principalmente serviço secreto. Formado em Business, em Hamburgo, logo começou a ganhar muito dinheiro com toda sorte de empreendimento. De bolsas de valores norte-americanas a minas de diamante africanas, passando por alumínio canadense e Deus sabe quantos outros negócios. Um faro comercial invejável, combinado com rara habilidade gerencial e capacidade de perceber mudanças de paradigmas políticos, o colocou sempre em posições lucrativas em toda crise que viveu. A ruína do bloco soviético, a virada do milênio, a crise imobiliária de 2008 nos EUA, o que você puder imaginar. Crises financeiras, guerras de independência, tensões geopolíticas. Todas essas crises viram muitos perdedores, mas Shlomo sempre esteve entre os vencedores. Todos nós temos em casa ao menos três ou quatro produtos que de alguma forma geram lucro ao multibilionário.

É claro, muitos imaginam que Shlomo seja alguém que aprendeu a lidar com o cinzento mundo dos negócios e que provavelmente há alguns, ou muitos, episódios de seu passado que talvez não se qualifiquem para uma biografia cintilante – em particular sua relação com Sidur Sigfridsson, um islandês, bon-vivant (com certeza), ativista ecológico (orgulhosamente) e traficante de armas (talvez). Pergunto o que Shlomo quer dizer com "essa sempre ter sido a sua busca".

"Estou ficando velho. Não tenho mais o vigor da juventude. Acho que está ficando mais e mais claro para mim mesmo que o tempo todo vivi tentando fazer o mundo se encaixar em minha visão de como as coisas deveriam ser. Vivi tentando achar algo em que eu pudesse encontrar um tipo de descanso. Tentei em todo tipo de coisa. Tentei inclusive com as mulheres – se eu te dissesse meus números, você não acreditaria."

São inúmeras as fotos e filmagens de Shlomo em festas, festivais de cinema, nos mais especiais hotéis e nos mais exclusivos clubes noturnos do mundo. Houve uma época, mais ou menos durante a década de 1990, em que dificilmente se poderia encontrar o nome de alguma modelo ou atriz celebrada por sua beleza que não houvesse tido em algum momento seu nome atrelado ao de Shlomo, fosse o rumor verdadeiro ou não.

"Imagino que você poderia fazer *rock stars* morrerem de inveja com sua contagem de corpos, não?"

"Inveja? Você não está entendendo. Eu demorei, mas entendi. Acho que todos nós, homens, já achamos que ter um monte de mulheres seria a melhor coisa da vida. De todos os biotipos, de várias etnias, de idades variadas. A maioria dos homens pensa nisso na adolescência, tolos que somos. Os mais sábios param por aí. Outros avançam até a vida adulta com essa ilusão. Eu não fui dos sábios. Eu achava que, talvez, na gigantesca variedade sexual que me era facilmente disponível, eu encontraria algo de especial. É claro, fazia sentido. Hoje não faz mais. Você falou em inveja... Inveja devíamos ter de quem logo cedo se dá conta de que não é aí que a vida está. Aliás, acho que minha vida toda vem sendo a busca de algo. Algo que fosse a soma das melhores partes da vida, sem as partes chatas..."

A resposta parece sincera, talvez sincera demais. Estaria ele querendo me impressionar? Decido morder a isca.

"E quais foram as outras buscas?", falei, pegando um pouco de homus e coalhada da nossa farta mesa.

Shlomo é o tipo de homem que está acostumado a ser ouvido a respeito do que ele desejar falar. Já lançou vários livros sobre os mais variados assuntos. Manuais de empreendedorismo, registros de viagens, livro de memórias, coleção de aforismos oriundos de suas TED Talks, algumas músicas e até dois romances semieróticos publicados sob um pseudônimo. Ele prossegue em sua reflexão sobre os caminhos em que tentou avançar.

"Conhecimento foi uma forma de tentar chegar lá. Embora eu nem saiba bem onde é esse tal 'lá'. Tentei entender mistérios profundos – de todo jeito. Tive conversas privativas noite afora com homens e mulheres considerados líderes em seus ramos de conhecimento e pesquisa. De cosmologistas a geneticistas, passando pelas ciências sociais e por diversos ramos do conhecimento que muitos chamariam de 'místicos' ou 'ocultos'. Conversei com líderes religiosos de todas as linhas. Li muito. Tentei achar o sentido. Não me dei conta de que, quanto mais entendia do mundo, mais eu me entristecia, até que foi tarde demais. Estava num estado de esgotamento depressivo tal, que temi por minha sanidade. Isso foi pouco depois da virada do milênio."

Pouco disso é conhecimento público, mas no mundo semiconfidencial das grandes corporações é um fato bem-estabelecido. As mesas diretoras de suas maiores empresas sempre foram tão bem-treinadas, que, mesmo com a ausência de seu líder, puderam se manter firmes durante o tempo de seu *breakdown*. Curiosamente, esse tempo de *breakdown* não fez com que Shlomo fosse menos admirado; na realidade, muitos executivos passaram a enxergar nele um modelo, uma tábua de salvação. Algo como um guru. Shlomo ganhou um bom dinheiro abrindo espaço em sua agenda para conversar com grandes executivos que buscavam sua sabedoria acerca de como ele navegara as piores águas e saíra vencedor em vez de náufrago.

Shlomo se serve de um patê de berinjela em um maravilhoso pão sírio recém-assado antes de continuar.

"Outro caminho que tentei foi as coisas boas da vida. Boas, não. As melhores coisas da vida. Não queria ser o caricato CEO riquíssimo que trabalha 80 horas por semana e mal sabe em que país está. Não, de jeito nenhum. Os melhores vinhos, os mais raros uísques, ternos e perfumes. Os melhores iates. Coberturas nas principais cidades do mundo. Não há um único destino turístico, de Svalbard à Antártida, da Ilha de Páscoa a Hokkaido, que eu não tenha visitado se assim desejei. Sim, hoje ainda tenho o melhor disso tudo. Veja meu Richard Mille. Projetado especificamente para mim, levando em consideração meus *hobbies* e interesses. Ainda gosto disso tudo. Mas desisti de tentar achar que a vida está nessas coisas."

Minha resposta sai calculadamente mordaz:

"Alguns diriam que é bem fácil, para quem tem do melhor, dizer que o melhor não basta."

"Estariam certos." Uma risada sincera e resignada. "Queria que todos vivessem um mês de bilionário para ver que a vida não está nisso. Um dia não basta. Somos crianças que só acreditam que fogo queima quando metemos a mão na panela."

Shlomo teve também a fase aventureira. Esportes a motor, tanto terrestres como aquáticos e aéreos; ski e até uma dose de montanhismo. Ele termina de falar e, antes de prosseguir, abre mais uma cerveja belga finíssima de 75 dólares a garrafa.

"Sabe, não tenho encontrado em nada do que há aqui uma resposta satisfatória para o coração. Então decidi eu mesmo compor essa resposta. Ou ao menos um lugar que me lembre do melhor que a vida tem. Foi assim que pensei em fazer a cidade. Aconteceu em 2003, especificamente após uma festa regada a todo tipo de coisa em Berlin, que tive a certeza de que era isso que eu precisava fazer. Não posso falar muito sobre essa festa – só que saí de lá no meio da noite e convoquei uma reunião com alguns assessores para as 8h da manhã no dia seguinte. Meus assessores respondem minhas mensagens a qualquer hora do dia ou da noite. Estavam todos lá, 15 minutos antes do horário. Passei de 1 da manhã até 7h escrevendo e planejando. Tomei um banho, um café e fui me encontrar com meus subordinados, levando a ideia. Nos meses seguintes, consegui com facilidade parceiros de negócios."

O plano era mirabolante. Ele decidiu criar uma cidade/destino turístico que fosse uma réplica de partes de algumas das cidades mais amadas do globo. Fazer não o circuito perfeito, mas a cidade dos sonhos. Um local onde um viajante pudesse desfrutar do que há de melhor no mundo. Um projeto que começaria modesto (se é que esse termo se aplica a fazer réplicas exatas de cidades), com trechos de apenas cinco cidades, mas que, com o tempo, iria incluir imitações de partes de novas cidades selecionadas com base em opinião popular e possibilidades de investimentos de patrocinadores. O desejo era ter, inicialmente, algo que combinasse Paris, Londres, Barcelona, Nova York e Veneza. O próprio Shlomo escolheu as cinco. Sua razão: "Londres, pois é a maior invenção da humanidade. Paris, pois é preciso lembrar que a vida pode seguir após a chuva, por lembrar que a vida tem passado. Nova York, por não ser possível sonhar mais alto do que aquilo e continuar vivo. Barcelona, pelas noites curtas e quentes, por lembrar que a vida tem futuro. E Veneza, não posso dizer o porquê."

O projeto envolvia amalgamar de forma elegante e o mais natural possível algumas das regiões favoritas de cada uma das cidades. Urbanistas celebrados, engenheiros, cientistas sociais, historiadores e arquitetos se juntaram num time incomparável para entregar o projeto. De Londres, ao menos de início, replicariam Piccadilly Circus e West End, emendando diretamente no trecho que engloba Trafalgar Square, St. James Park e um acesso indo até a ponte de Westminster junto ao Big Ben.

Ao cruzar essa ponte, entretanto, o visitante não iria para o South Bank e para a região de Waterloo, mas se veria chegando à rambla em Barcelona, subindo do porto em direção à Plaza Catalunya. Por outro lado, poderia chegar a algo como a região da Ponte Rialto, em Veneza, ou a Champs-Elysee e à margem do Sena. E assim seria com partes de outras grandes cidades. Réplicas meticulosas e, muito importante, funcionais. Fauna e flora corretas, lojas e funcionários importados dos países de origem, ambientação sonora e olfativa artificiais, tentando ao máximo fazer com que o turista se sentisse na cidade original.

Diversas grandes redes hoteleiras, como as gigantes Accor e Marriott, além de muitas marcas independentes, fecharam parcerias para replicar seus hotéis das cidades originais em Frankencity. Aliás, é importante entender que, além das seções em réplicas, serão feitas, nas interseções, obras que representam diálogos entre os diferentes estilos e culturas das cidades envolvidas. Os mais famosos *starquitetos*, como popularmente se reconhecem os nomes mais excitantes da arquitetura mundial, contribuíram com estruturas exclusivas para a cidade. Nomes como Gehry, Hadid e Ingels, Dassault e o jovem dínamo Von Thibeek apresentaram atrativíssimas ideias para expandir a cidade em algo maior do que a soma de suas inspirações originais. Assim, Frankencity passou a contar com o pedigree das principais firmas de arquitetura do mundo. Tudo isso com o que há de mais avançado em termos de sustentabilidade e tecnologia *green*.

O cronograma de construção foi de meros 5 anos, quase um milagre da engenharia e da logística. A inauguração foi marcada para 2026. O *hype* internacional foi grande desde o início, fazendo relembrar a empolgação (e, em alguns casos, a incredulidade) mundial com as grandes feiras mundiais do final do século 19 e início do século 20, como a Grande Feira de Chicago em 1893, também chamada de Exposição Colombiana Mundial, comemorando quatro séculos da chegada de Colombo à América. Shlomo foi comparado a Daniel Burnham, o grande líder daquele empreendimento até então incomparável. Aliás, o plano de expansão envolvia possíveis adições da própria Chicago, bem como de Rio de Janeiro, Lisboa, Sidney e muitas outras cidades ao longo dos anos.

Dinheiro não era problema, é claro. Além de seus imensos aportes pessoais, não faltaram grandes corporações interessadas em se associar ao projeto. Houve feroz briga entre nações para sediar o projeto. Decidiu-se pela região oferecida pelo governo da Nova Zelândia. Foram muitas as ofertas.

"Por que na Nova Zelândia?", pergunto, sabendo a resposta oficial, mas com esperança de arrancar algo mais dele. A escolha do terreno não foi simples. Tanto Dubai quanto Catar ofereceram áreas para o projeto. O governo turco também chegou a separar uma área pristina na Capadócia. Acabou-se decidindo pela Nova Zelândia. Características econômicas, vantagens turísticas, como a realização da Copa de 2026, bem próxima à data projetada para a inauguração, neutralidade do país e muitas outras razões se uniram numa decisão unânime do *board*. Tão importante quanto o espaço, o governo neozelandês estava disposto a oferecer garantias de autorização para o uso de algumas tecnologias ainda experimentais e potencialmente desastrosas para a vida humana. Claro, cada ideia seria examinada e possivelmente vetada pelo governo federal.

Houve enorme procura de grandes redes do ramo alimentício, bem como de grandes marcas mundiais dos ramos de vestimenta, eletrônicos, livrarias, cosméticos e toda sorte de estabelecimento comercial. Frankencity seria o maior centro de compras, o maior parque de diversões, o maior centro cultural e a mais divertida cidade do mundo. O Cirque du Soleil já preparava dois shows fixos para a cidade. Louvre, Moma e National Gallery enviaram peças em esquema de rotação para suas contrapartes em Frankencity. Várias telas da coleção privativa de Shlomo seriam expostas. Havia rumores de um Monet e um Van Gogh perdidos que foram encontrados pela equipe de curadoria particular do bilionário e que seriam exibidos pela primeira vez na cerimônia de abertura da cidade.

O grupo Disney teria uma área do tamanho do Magic Kingdom, na Flórida, para estabelecer um parque temático junto à cidade. O grupo Six Flags também recebeu uma concessão similar, focando entretanto as diversões mais radicais. Duas das mais impressionantes montanhas-russas do mundo estão planejadas pela companhia Bollinger & Mabillard para serem abertas na inauguração da cidade. A Seven Sands Casinos Corporation preparava o seu mais luxuoso e atraente cassino do mundo para a região. Os que viram o projeto dizem que nada em Las Vegas chega perto da opulência do que está por vir. O governo do país está preparando um circuito de rua em Auckland para receber a Fórmula 1. Tudo isso será lançado concomitantemente e em sinergia com a cidade em si. Sim, essa vai ser a melhor parte do mundo para se estar no outono e inverno do hemisfério sul em 2026. E, sim, as Olimpíadas de 2028 acontecerão na região, o que garante que os próximos anos serão bastante agitados na outrora relativamente pacata Nova Zelândia.

Sei de tudo isso, mas insisto na pergunta.

"Por que fazer Frankencity na Nova Zelândia?" Uso o apelido da cidade de propósito, querendo causar nele alguma reação. Sinto que não está sendo transparente quanto a algo. Chame de instinto jornalístico.

Shlomo fica em silêncio enquanto termina seu licor, o que sinaliza o fim da refeição. É hora de voltarmos ao Land Rover para o *tour* que faremos pela cidade em construção. Vamos a Trafalgar Square. Ou melhor, à sua cópia. Descendo o elevador rumo ao térreo, acompanhados de um segurança, que imagino ter feito muitas missões pelo Mossad, ele finalmente responde.

"Porque aqui fantasia e realidade se fundem."

Imagino que, com isso, ele se refira à trilogia cinematográfica *O senhor dos anéis*, de Peter Jackson. Antes que eu possa perguntar, explica:

"É muito mais do que os filmes da história de Tolkien. É acerca da inerente irrealidade deste país improvável. Parece algo que alguém como Tolkien imaginaria. Um país misteriosamente sem animais peçonhentos. Com aves maravilhosas, como os Kea e os Kiwis. Duas ilhas num formato tão instigante aos olhos, que mais parecem algo que um menino de 11 anos desenharia caso tivesse de imaginar um reino encantado. Vales e florestas misteriosos. Montanhas tão impressionantes, que tudo o mais empalidece perto delas. Por que não aqui? Neste lugar, espero conseguir criar algo que seja... mais real que a ficção e mais ficcional que a realidade." Shlomo é capaz de dizer esse tipo de coisa sem soar como um doido varrido.

O Rover nos leva em silêncio até a nova praça Trafalgar. Escultores estão trabalhando nas réplicas dos famosos leões que cercam a estátua de Lord Nelson. Nós nos aproximamos. O som das máquinas é bem alto. Todos com os equipamentos de segurança exigidos. Diferentemente de obras grandiosas no Catar para a Copa de 2022, não há escândalos acerca de más condições de trabalho ou nada assim.

Andamos pelo cenário – ou, melhor dizendo, pela réplica. Ao pararmos junto a uma das imensas estátuas de leão, Shlomo diz:

"Uma vez, na praça original, eu estive com uma namorada. Ela e eu ficamos nos desafiando a subir no leão para uma foto. Nenhum dos dois subiu. Infelizmente. Esse

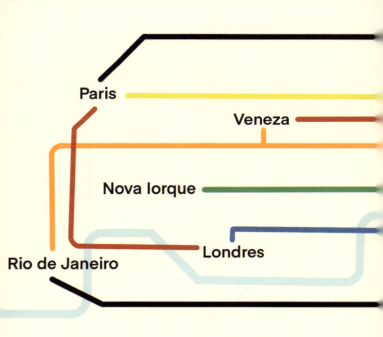

é um dos três grandes arrependimentos da minha vida. Aliás, entenda, minha jovem: é por isso que estou construindo a cidade", ele afirma e dá as costas.

Percebo nisso uma abertura; espero a oportunidade de retomar o assunto. Por

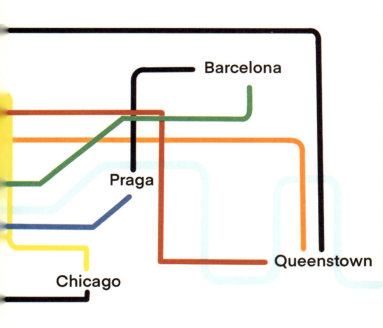

algum razão, Shlomo parece bem mais disposto a abrir o coração do que nas conferências de lançamento da cidade, quando focou o lado financeiro e comercial do projeto.

A oportunidade surge no jantar. Após nosso passeio pela obra, tive duas horas de descanso para banho e relaxamento. Um funcionário me acompanhou a algumas seções que eu desejava ver. Nosso compromisso era jantar numa *trattoria* com Shlomo às 21h. Vários restaurantes já estão funcionando na cidade ainda em obras. Cheguei 15 minutos antes e ele já estava lá.

Shlomo escolheu o antepasto, o vinho e teria escolhido minha massa também se eu não tivesse intervindo e explicado sobre minha alergia a frutos do mar.

Fomos comendo, e então perguntei sobre o que ele quis dizer com o episódio dos leões ter sido a razão para construir Frankencity. Ele silencia. Abre seu telefone e busca algo.

"Achei. Você lembra do que Ítalo Calvino fala em *Cidades invisíveis*? Livro maravilhoso, me influenciou muito. Achei o trecho aqui: 'Chegando a qualquer nova cidade, o viajante reencontra o seu passado que já não sabia que tinha: a estranheza do que já não somos ou já não possuímos espera-nos ao caminho nos lugares estranhos e não possuídos'."

Ele suspira e continua com as próprias palavras: "Nas cidades temos nossas histórias. Um beijo dado em frente a uma estátua. Um momento segurando uma mão amada encostados num muro esperando a chuva passar. Um olhar cruzado com um estranho. Um rosto conhecido na multidão na entrada de uma loja. Uma carteira perdida numa mesa de bar. Um cartaz anunciando uma peça ou um filme que viemos a amar. Eu estou tentando uma coisa que é, no final das contas, impossível. Posso até recriar algo de Londres. Mas não será a Londres daquela primavera específica em que não subi no leão. Posso fazer um pedaço de Barcelona, mas não terá o vigor daquelas Olimpíadas em 1992 com as possibilidades que o mundo experimentava.

Então, o local é uma tentativa tanto de recriar como de causar anseios".

Sinto que algo bom está vindo. Hesito em interromper e fazê-lo perder o pensamento. Limito-me a outro gole desse tinto que, sei, nunca mais provarei igual.

"Creio que algo poderoso acontece nas cidades. Algo que nos une ao mesmo tempo que nos mantém distintos. Creio que de alguma forma isso aparece nos melhores momentos em que vivemos. Minha intenção tem a ver com isso, com possibilitar um lugar em que os vislumbres de algo maior que desfrutei nessas cidades possam de alguma forma ser evocados de novo. Um lugar que seja a junção do que aqui me fez pensar em algo mais duradouro. Eterno, se assim você quiser chamar."

Pode ser impressão minha. A luz não está forte. Mas me parece que os olhos do grande Shlomo Ben-David, leão das salas de reunião, devastador de corações, estão bem úmidos.

"Veja, não sou ingênuo. Sei que as cidades representam também o pior do que somos e do que já inventamos. Apesar disso, percebo nelas algo de mais sólido. Como um lembrete de algo. E é por isso que o nome Frankencity me irrita tanto."

Ele come um pouco mais de massa. Parece estar se decidindo sobre falar ou não o que vem a seguir. Vão-se três garfadas. Eu não estava pronta para a aula que tive na sequência.

"Você já leu? Lembro de ler numa sentada... Frankenstein."

Demoro um pouco para perceber que a pergunta não foi meramente retórica. "Li quando adolescente", ele continua.

"A história da composição do livro é bem interessante, e nos será útil. Mary Shelley, a autora, viajou pela região do Rio

51

Reno, na Alemanha. Foi no verão de 1816. Na verdade, aquele ano foi chamado de 'o ano sem verão'. Uma erupção vulcânica do Monte Tabora, no que hoje chamamos de Indonésia, causou um ano em que simplesmente não houve o aquecimento do verão no Hemisfério Norte. Na época, ela ainda era Mary Godwin, viajando com Percy Shelley, com quem veio a se casar. Foram ficar um tempo na casa do infame Lord Byron, na região de Genebra. A temperatura não estava apropriada, como costuma ser, para aproveitar o verão europeu do lado de fora, então o grupo com frequência ficava dentro da casa lendo histórias de terror uns para os outros. Lord Byron sugeriu uma competição entre eles para ver quem escreveria a melhor. Mary não conseguia pensar em nada. Numa noite, uma conversa foi para o soturno tópico da possibilidade de reanimar um cadáver.

Tenebroso, não? O que aconteceu foi, aparentemente, que ela teve um sonho ou algo assim naquela noite que gerou a ideia da história. Há certa controvérsia sobre os detalhes, claro. Afinal, é um mistério sobre uma história de mistério... mas boa parte dele parece estar envolvida em outras coisas que ocorreram na própria viagem. Há registros de eles terem passado um tempo em uma vila próxima ao Castelo Frankenstein, na Alemanha – um local que lá em 1800 e pouquinho já era cheio de lendas. Uma delas, e a mais importante para nossa causa, é que cerca de 200 anos antes haviam ocorrido experimentos alquimistas com uma tentativa de criar um elixir da vida, encontrar algo que produzisse vida. Quando Mary passou por lá, por certo tomou conhecimento dessas histórias bizarras e um tanto lendárias. Seu próprio texto gira em torno dessa ideia de o homem criar algo vivo. A história é epistolar: começa contada por meio de diversas cartas entre um capitão naval que está numa expedição para o Polo Norte e escreve para sua irmã sobre um homem que resgataram no gelo – que era o objetivo encontrar; uma espécie de gigante. Vamos então aprendendo sobre o que se passou. Após a trágica morte de sua mãe, Victor Frankenstein decide fazer um experimento horrendo, tentando lidar com morte e vida. E isso envolve usar meios científicos e misteriosos para criar um humanoide, fazer vida. O resultado é monstruoso: algo que parece um humano, mas é menos que um humano. Há muitas idas e vindas que não vêm ao caso aqui."

Ele enche a sua e a minha taça mais uma vez.

"Basta dizer que há conflitos e que a história, no final das contas, é a da destruição de Victor Frankenstein, que tentou fazer vida, mas só Deus pode fazer vida. Então, me ofende um pouco, sim, quando me comparam a Frankenstein. Não estou querendo fazer vida artificial. Não creio que eu seja capaz de superar o que foi feito fora de mim, nem é essa a tentativa. Sou mais como um velho que já tentou de tudo e viu que tudo se esvai. E que está tentando de alguma forma criar algo belo e verdadeiro para lembrar as pessoas de algo superior.

"Mary Shelley escreveu sobre aquela noite em que teve aquele sonho estranho. Quase que um transe, pelo que ela fala. A imagem que lhe deu a ideia para a história a fascinou, mas também a aterrorizou.

"Nas palavras dela, 'Eu vi um pálido estudante de artes profanas ajoelhado ao lado daquela coisa que tinha juntado. Eu vi um pavoroso fantasma de um homem estendido e então... o funcionamento de uma máquina poderosa, sinais de vida à mostra, e um movimento inquieto, uma moção meio viva. Sim, assustador, pois supremamente assustador seria o efeito de qualquer tentativa humana de imitar o estupendo mecanismo do criador do universo.'"

Ele pede tiramisù para nós dois.

"Mary Shelley está certa. Sempre que tentamos criar vida, inventar nosso próprio jeito, acabamos por fazer coisas pavorosas que não têm vida e são monstruosas imitações do que Deus fez. E só levam à morte. Toda tentativa nossa de criar vida debaixo do sol acaba sendo monstruosa. Entendo que estão sugerindo que minha cidade será algo assim. Mas não. Não estou tentando criar vida, ou mesmo utopia. Não sou um cientista louco. Entendo que tudo o que o homem cria é inferior a ele mesmo. Somos nós mesmos o que há de mais impressionante no mundo. A ideia é homenagear o que fizemos conjuntamente ao mesmo tempo em que pensamos no que é maior do que somos."

Eu não deveria, mas fico surpresa com as ideias de Shlomo. Resolvo seguir na questão do nome da cidade.

"Por que esse nome?"

"Pensei em *Sião*. Achei que combinaria com minhas raízes judaicas e expectativas paradisíacas. Fui convencido a não o fazer. Claro, alguns amargurados sugeriram que deveria se chamar Babel. Mas este é o oposto de Babel. Não se trata de algo para celebrar o que somos capazes de fazer, como se pudéssemos chegar ao céu... mas o que pode ser feito, apesar de sermos tão complicados. E nosso anseio que se mostra em nosso desejo de ir além do que somos. Essa inquietude humana é universal. Ela me intriga. Por isso meu barco se chama *Haolam*. É como se houvesse em nós um senso de que não pode ser apenas isto aqui. É como se a gente soubesse que tem de haver algo além. Por isso a chamei de *Metápolis*. A cidade além. Sei que parece presunçoso. E ninguém chega a ser bilionário sem presunção..."

"Você quer fazer o céu na terra?"

"Entendo por que você diria isso. Mas não. Não sou tão presunçoso assim. Já fiz uma residência magnífica que, na época, eu achava que seria o céu na terra."

Ele se refere a um palacete nas margens do Danúbio, próximo a Budapeste. Uma residência de fazer inveja a qualquer nobre da história do mundo.

"Então, sim, já tentei fazer o céu na terra. Não é possível. Aqui é, como direi, um terreno vaporoso demais para isso. Quero fazer uma cidade que sirva para lembrar a todos de que já experimentamos coisas gloriosas por aqui. Num beijo roubado numa praça, numa despedida numa esquina, num arroubo estético da linda vista de quando o Sol se põe no crepúsculo. Mas aqui não é a Metápolis de verdade. É apenas um lembrete – enquanto desfrutamos do melhor que já fizemos – de que deve haver uma cidade melhor num mundo melhor."

Com isso, ele se levanta. Está definitivamente chorando. Olha sem vergonha alguma para esta mera repórter e encerra nossa conversa, dizendo:

"Obrigado pelo seu tempo. Espero que vir a este lugar ainda inacabado tenha te animado. Escreva livremente, é claro. Eu autorizei sua vinda por saber que você faria exatamente isso. Amanhã será melhor. A cidade vai ficar pronta em breve. Se meus planos mais íntimos derem certo, as pessoas poderão ser lembradas a respeito de onde vieram e considerar para onde vão. Espero de alguma forma amavelmente espetá-las numa direção mais reflexiva. Veremos. Boa noite, boa viagem de volta."

Ele se vai, e seu paletó Tom Ford de 10 mil dólares fica na cadeira. Alguém vai pegar para ele. Vou dormir e fico olhando a coluna de Nelson semierguida na nova Trafalgar. A luz é pouca. Em 18 meses essas ruas estarão lotadas de turistas. Se tem alguém capaz de fazer isso dar certo, é Shlomo Ben-David. Talvez seja o maior dos que já andaram por nossas cidades. Quem poderia superá-lo? Vim de longe para conhecê-lo. E ele é ainda mais impressionante do que eu imaginava. Foi apenas um dia em sua companhia, mas bastou para ficar claro que o que se fala dele não é nem a metade da realidade. Cheguei um tanto cética, mas saio uma entusiasta, ainda que cautelosa.

Ele insistiu comigo que aquela cidade serviria para sentir saudade de algo que se perdeu, bem como para ser um vislumbre de algo que carrega consigo a glória do que temos de melhor, junto a uma realidade mais vibrante. Tendo visto suas lágrimas molhando a gravata Zegna e um pouquinho do tiramisù que ficou em seu bigode, eu acredito.

AGRADECIMENTOS

Agradeço aos muitos apoiadores que tive ao longo do projeto. Agradeço aos leitores que sempre me encorajaram e desafiaram.

Agradeço a toda a equipe da Pilgrim e da Thomas Nelson. Leo Santiago, Samuel Coto, Guilherme Cordeiro, Guilherme Lorenzetti, Tércio Garofalo e muitos mais. À Ana Paula Nunes, que me deu a ideia de lançar um ano de histórias. Ao Anderson Junqueira pelo belíssimo projeto gráfico. À Ana Miriã Nunes pelas capas e ilustrações maravilhosas. Ao Leonardo Galdino, à Eliana e à Sara pelas revisões. À Anelise e Débora que por seu constante apoio fazem tudo ser mais fácil. Aos presbíteros e pastores da Igreja Presbiteriana Semear, por me apoiarem neste projeto.

Sempre há mais gente a agradecer do que a mente se lembra. Sempre um exercício prazeroso bem como doloroso.

Ao Lopes, que escolheu a cerveja belga do Shlomo. Ao Shlomo original, que tanto me ajudou.

SOBRE O AUTOR

EMILIO GAROFALO NETO é pastor da Igreja Presbiteriana Semear, em Brasília (DF), e autor de *Isto é filtro solar: Eclesiastes e a vida debaixo do Sol* (Monergismo), *Redenção nos campos do Senhor: as boas-novas em Rute* (Monergismo), *Ester na casa da Pérsia: e a vida cristã no exílio secular* (Fiel), *Futebol é bom para o cristão: vestindo a camisa em honra a Deus* (Monergismo), além de numerosos artigos na área de teologia.

Emilio também é professor do Seminário Presbiteriano de Brasília e professor visitante em diversas instituições. Ele completou seu PhD no Reformed Theological Seminary, em Jackson (EUA), e também é mestre em teologia pelo Greenville Presbyterian Theological Seminary e graduado em Comunicação Social/Jornalismo pela Universidade de Brasília.

Emilio ama cidades. Já esteve em algumas que moram em seu coração. Seu grande sonho é conhecer uma cidade que ainda está por ser inaugurada.

OUÇA A SÉRIE *UM ANO DE HISTÓRIAS* NARRADA PELO PRÓPRIO AUTOR!

Na Pilgrim você encontra a série *Um ano de histórias* e mais de 7.000 **audiobooks**, **e-books**, **cursos**, **palestras**, **resumos** e **artigos** que vão equipar você na sua jornada cristã.

Comece aqui

Copyright © Emilio Garofalo Neto.
Os pontos de vista dessa obra são de responsabilidade
dos autores e colaboradores diretos, não refletindo
necessariamente a posição da Pilgrim Serviços e
Aplicações ou de sua equipe editorial.

Revisão
Leonardo Galdino
Eliana Moura Mattos
Sara Faustino Moura

Capa e ilustrações
Ana Miriã Nunes

Diagramação e projeto gráfico
Anderson Junqueira

Edição
Guilherme Lorenzetti
Guilherme Cordeiro Pires

Dados Internacionais de Catalogação na Publicação (CIP)

G223f   Garofalo Neto, Emilio
1.ed.   Frankencity / Emilio Garofalo Neto.
            – 1.ed. – Rio de Janeiro: Thomas Nelson Brasil;
            São Paulo: The Pilgrim, 2021.
               72 p.; il.; 11 x 15 cm.

         ISBN: 978-65-56894-14-0

            1. Cristianismo. 2. Contos brasileiros.
         3. Ficção brasileira. 4. Teologia cristã. 5. Vida cristã.
   11-2021/21   CDD B869.3

Índice para catálogo sistemático:
Ficção cristã : Literatura brasileira   B869.3
Bibliotecária responsável: Aline Graziele Benitez CRB-1/3129

Todos os direitos reservados a
Pilgrim Serviços e Aplicações LTDA.
Alameda Santos, 1000, Andar 10, Sala 102-A
São Paulo — SP — CEP: 01418-100
www.thepilgrim.com.br

*Este livro foi impresso
pela Ipsis, em 2021, para a
HarperCollins Brasil.
O papel do miolo é pólen
soft 90g/m², e o da capa é
couché fosco 150g/m²*